Dirk Konnertz & Hubert Schwarz

Ziele erreichen

– fit in 30 Minuten

Kids auf der Überholspur

Die Deutsche Bibliothek – CIP-Einheitsaufnahme

Ein Titeldatensatz für diese Publikation ist bei
Der Deutschen Bibliothek erhältlich.

Herausgeber: Das LernTeam, Marburg
Lektorat: Hille & Schäfer, Freiburg
Layout, Illustrationen, Titel: Ulf Marckwort, Kassel
Illustration Rücktitel: Martina Foßhag, Kassel
Layout, Satz: Frank Werner, Kassel
Druck und Verarbeitung: Salzland Druck, Staßfurt

2. Auflage 2007

Hinweis:
Dieses Buch ist sorgfältig erarbeitet worden. Dennoch erfolgen alle Angaben ohne Gewähr. Weder Autoren noch Verlag können für eventuelle Nachteile oder Schäden, die aus den im Buch gemachten Hinweisen resultieren, eine Haftung übernehmen.

Printed in Germany

ISBN 978-3-89749-194-6
www.gabal-verlag.de

In 30 Minuten auf die Überholspur!

Dieses Buch ist so konzipiert worden, dass du in kurzer Zeit erfährst, wie du Herausforderungen meistern und deine Ziele erreichen kannst.

- Jedes Kapitel beginnt mit drei zentralen Fragen, die im Verlauf des jeweiligen Kapitels beantwortet werden.
- Nach jedem Kapitel werden die wichtigsten Inhalte noch einmal zusammengefasst.

Da dieses Buch so klar und deutlich strukturiert ist, kannst du es immer wieder zur Hand nehmen, um schnell die für dich interessanten Teile zu wiederholen. Das Stichwortregister wird dir dabei eine zusätzliche Hilfe sein.

Inhalt

Hallo und herzlich willkommen!

„Wer im Leben kein Ziel hat, der verläuft sich."
Abraham Lincoln, amerikanischer Präsident

Es besteht immer die Gefahr, sich einfach ziellos treiben zu lassen und somit alles dem Zufall zu überlassen. Wer dies tut, wird sich in unserer schnelllebigen Gesellschaft zwangsläufig immer öfter „verlaufen". Wie steht's mit dir?

- Weißt du, was du erreichen möchtest?
- Hast du klare Ziele vor Augen?
- Kennst du deine eigenen Fähigkeiten?

Eigene Ziele stecken – Herausforderungen suchen
Wir wollen dir wertvolle Anregungen geben, eigene Ziele – ob in der Schule oder in der Freizeit – zu finden, die dich herausfordern, all dein Können einzusetzen.
Wir möchten dich einladen, neugierig zu sein und neue Herausforderungen zu suchen. So bleibt das Leben immer spannend. Mit jeder neuen Herausforderung wirst du wachsen und deine persönlichen Fähigkeiten und Grenzen erweitern. Mehr dazu erfährst du in Kapitel 1.

Den Weg planen
Eine gute Planung und Vorbereitung ist die Grundlage für deinen Erfolg. Wir geben dir in Kapitel 2 Tipps, wie du dein

Ziel in kleine überschaubare Schritte zerlegen und den Weg dorthin detailliert planen kannst.

Auf das Ziel konzentrieren

Mit Ablenkungen fertig zu werden, ist nicht einfach. Aber gerade die vollkommene Konzentration auf dein Ziel bringt dich letztendlich auch dorthin. Wie du deine Aufmerksamkeit auf dein Ziel lenken kannst, erfährst du in Kapitel 3.

Schwierigkeiten meistern

Auf dem Weg zu deinem Ziel gilt es immer irgendwelche Hürden zu überwinden. Nur sehr selten geht alles glatt und so wie geplant. Aber gerade das Meistern solcher Schwierigkeiten wird dein Selbstbewusstsein enorm steigern und dir neue Kraft verleihen.
Strategien zum richtigen Umgang mit Schwierigkeiten und eventuellen Misserfolgen zeigen wir dir in Kapitel 4.

Viel Spaß mit unserem Buch wünschen dir

Dirk Konnertz & Hubert Schwarz
(www.lernteam.de & www.hubert-schwarz.com)

P. S.: Als sinnvolle Ergänzung zu diesem Buch empfehlen wir dir den Titel *Motivation – fit in 30 Minuten* von Reinhard K. Sprenger und Christiane Sauer.

1. Greif nach den Sternen!

Weißt du, was das Geheimnis glücklicher und erfolgreicher Menschen ist?

Kennst du deine Stärken?

Kannst du dich für deine Ziele begeistern?

Ziele sind der „Motor" für motiviertes Handeln. Sie sind deine innere Motivation. Motiviert bist du, wenn du dir Ziele steckst und diese mit viel Energie verfolgst. Zusätzlich macht es eine Menge Spaß, Ziele zu verfolgen und am Ende das tolle Gefühl zu genießen, wenn alle Hürden überwunden und das Ziel erreicht ist.
Wichtig ist nur, dass es sich um deine eigenen Ziele handelt. Innere Motivation auf dem Weg zum Ziel kannst du nämlich nur dann verspüren, wenn du das Ziel auch wirklich erreichen möchtest.

Du entscheidest selbst!

Du selbst entscheidest also, wo es langgeht und ob du z.B. wie die Schülerin Verona F. das Ziel hast, in der nächsten Deutscharbeit eine 3 zu schreiben oder wie der Schüler Stefan R., nach der Schule eine Metzgerlehre zu machen. Warum Menschen mit eigenen klaren Zielvorstellungen erfolgreicher, ausgeglichener – ja sogar glücklicher – sind, zeigen wir dir in diesem Kapitel.

Das Geheimnis des Glücks

Mihaly Csikszentmihalyi (gesprochen: Tschik-sent-mihai), ein bekannter ungarisch-amerikanischer Psychologe, hat sich zusammen mit seinen Studentinnen und Studenten über viele Jahre damit beschäftigt, das „Geheimnis des Glücks" zu erforschen.

Er wollte herausfinden, was Menschen, die behaupten glücklich und zufrieden zu sein, von anderen Menschen unterscheidet. Er fand einen entscheidenden Grund für das Glück heraus: Glückliche Menschen haben viele „Flow-Erlebnisse".

„Im Flow" (engl. flow = fließen) befindest du dich dann, wenn du alle deine Fähigkeiten einsetzen musst, um eine Herausforderung zu meistern bzw. ein selbst gestecktes Ziel zu erreichen (siehe Grafik).

Herausforderung zu niedrig = Unterforderung

Wählst du dir eine Herausforderung, die du ohne großen Aufwand schaffst, dann fühlst du dich unterfordert. Auf dem Weg zu einem zu niedrig gesteckten Ziel kommt schnell ein Gefühl der Langeweile auf, weil du erkennst, dass du eigentlich ein größeres Können besitzt. In solchen Situationen ist es unmöglich, Flow-Erlebnisse zu haben. Häufig werden zu leichte Aufgaben halbherzig und somit unkonzentriert erledigt. Die Folge ist nicht selten, dass aufgrund von Langeweile und fehlender Konzentration dumme bzw. leichtsinnige Fehler gemacht werden.

Kannst du dich an Situationen erinnern, in denen du eher unterfordert warst?

Herausforderung zu hoch = Überforderung

Ebenfalls wenig glücklich wirst du sein, wenn du dir eine Herausforderung aussuchst, die du – realistisch betrachtet – gar nicht bestehen kannst. Auf dem Weg zu einem zu hoch gesteckten Ziel wirst du schnell merken, dass du an deine persönlichen Grenzen stößt. Du fühlst dich überfordert, bist vielleicht schnell deprimiert oder spürst Angst und Frust. Unter solchen schlechten Voraussetzungen wirst du keine Flow-Erlebnisse haben.

Kannst du dich an Situationen erinnern, in denen du dich eher überfordert gefühlt hast?

12

Herausforderung richtig gewählt = Flow

Schaffst du es, deine Fähigkeiten mit den Herausforderungen in Einklang zu bringen, dann entstehen Flow-Erlebnisse und eine Menge Glücksgefühle.

Typische Kennzeichen für Flow-Erlebnisse sind:

- vollkommene Konzentration,
- innere Motivation und
- Begeisterung.

Flow-Erlebnisse kannst du beim Lernen, beim Sport, in der Freizeit, mit deiner Familie, deinen Freunden – also in allen Lebensbereichen – haben.

Es muss sich übrigens nicht um ein besonders großes oder außergewöhnliches Ziel handeln, um Flow zu verspüren. Wenn deine momentanen Fähigkeiten gerade ausreichen, um dich in der nächsten Klassenarbeit um eine Note zu verbessern, dann kann auch der Weg von einer 5 zu einer 4 ein Flow-Erlebnis sein.

Am intensivsten ist dieses Flow-Erlebnis also dann, wenn deine Fähigkeiten gerade ausreichen, um eine Herausforderung zu bestehen.

Einer der erfolgreichsten Golfer aller Zeiten, Jack Nicklaus, beschreibt dies treffend:

„Golf macht mir umso mehr Spaß, je härter und enger der Wettkampf ist. Haushoch zu gewinnen gibt einem eine andere Art von Befriedigung, aber nichts kommt auch nur annähernd an das Gefühl heran, das man hat, wenn man bis zum letzten Schlag kämpfen muss."

Aufgabe

Kannst du dich an eine solche Situation (beim Lernen, beim Sport oder bei anderen Freizeitaktivitäten) erinnern, in der du mit großer Begeisterung all dein Können einsetzen musstest und die du schließlich konzentriert gemeistert hast?

Nimm ein Blatt Papier und beschreibe die Situation genau.

- Worin bestand die Herausforderung?
- Wie bist du vorgegangen, um dein Ziel zu erreichen?
- Welche Hürden musstest du überwinden?
- Wie hast du dich dabei gefühlt?
- Wie war das Gefühl, als du am Ziel angekommen bist?
- Für welche neue Herausforderung hat dir dieses Erlebnis Mut gemacht?

Die eigenen Fähigkeiten entdecken

Um passende Herausforderungen zu finden, musst du natürlich erst einmal deine Stärken kennen. Dabei soll dir das „Stärken-Profil" auf der folgenden Seite eine Hilfe sein. Zähle deine Stärken auf, wie z.B. Mut, Entscheidungskraft, Durchhaltevermögen, Selbstdisziplin, Konzentrationsfähigkeit, Genauigkeit, schnelle Auffassungsgabe, gutes Gedächtnis, Teamfähigkeit, Überzeugungskraft oder Selbstbewusstsein. Zu deinen persönlichen Stärken können natürlich auch Fähigkeiten zählen wie Rechnen, Schreiben, Fantasieren, Tanzen, Malen, Singen, Schauspielern, eine Sportart, ein Musikinstrument, ein oder mehrere Schulfächer etc.

Beurteile, wie wichtig dir persönlich jede einzelne Stärke ist. Gib jeder Stärke Punkte von 1 (besonders wichtige Stärke) bis 5 (eher unwichtige Stärke).

Wenn dir das Aufschreiben und Bewerten deiner Stärken schwer fällt, dann frage doch einmal deine Eltern oder einen guten Freund bzw. eine gute Freundin.

Du kannst deine Fähigkeiten weiterentwickeln!

Überlege auch, welche Fähigkeiten du noch entwickeln möchtest bzw. welche deiner bereits vorhandenen Begabungen du noch weiter stärken möchtest.

Mit jeder Weiterentwicklung, mit jeder neuen Stärke wächst dein Selbstbewusstsein.

Stärken-Profil

Meine persönlichen Stärken Wichtigkeit

Diese Stärken möchte ich neu entwickeln Wichtigkeit

Diese bereits vorhandenen Stärken möchte ich noch weiterentwickeln Wichtigkeit

Ziele – die richtigen Herausforderungen finden

Flow, das pure Glücksgefühl auf dem Weg zum Ziel, erreichst du, wie du bereits auf den Seiten 10 bis 13 erfahren hast, durch die richtige Balance zwischen deinen persönlichen Fähigkeiten und der Wahl der richtigen Herausforderung, die du mit deinen Fähigkeiten meistern kannst.

Stehst du z.B. in Mathematik auf einer glatten 5 und sind deine Mathekünste nicht oder noch nicht so stark ausgeprägt, dann sollte das Ziel für die nächste Arbeit auch nicht so hoch gewählt sein. Schätzt du deine Möglichkeiten jedoch realistisch ein, z.B. mit der richtigen Vorbereitung und Übung eine gute 4 schreiben zu können, dann hast du die Chance, auf dem Weg zum Ziel eine Menge Flow-Erlebnisse zu haben, wenn du dich richtig „ins Zeug legst".

Solltest du zur Zeit für einen 100-Meter-Lauf 13,8 Sekunden benötigen, dann wird dir das Ziel 12 Sekunden innerhalb einer Trainingszeit von 8 Wochen möglicherweise viel Frust bereiten.
Wenn du aber weißt, dass die Qualifikationszeit für die Bezirksmeisterschaften 13 Sekunden beträgt, kannst du dieses Zeitlimit zu deinem Ziel erklären. Du wirst dann viel Spaß haben, wenn du merkst, dass du dich jede Woche mit entsprechendem Training um eine Zehntelsekunde steigerst.

Steigere dich Schritt für Schritt

Es geht übrigens nicht darum, sich immer besonders hohe Ziele zu stecken, um mit sich zufrieden zu sein. Ganz im Gegenteil. Der sehr bekannte und erfolgreiche Persönlichkeitstrainer und Buchautor Dale Carnegie sagte dazu einmal: *„Sich kleine Ziele setzen. Sie erreichen. Sich neue, etwas größere Ziele setzen. Sie erreichen – so funktioniert Erfolg."*

Auf der folgenden Seite findest du einige Beispiele für eine Zielauswahl. Dort sind Ziele aus den unterschiedlichsten Lebensbereichen aufgeführt.
Nutze Seite 19 als Kopiervorlage, um deine eigene Zielfindung durchzuführen.
Wie ein Ziel richtig formuliert und detailliert geplant wird, erfährst du in Kapitel 2.

Beispiele für persönliche Ziele

Ziel bzw. Herausforderung:	Diese Stärken setze ich ein:
Eine 4 in der nächsten Mathearbeit	Fleiß (*„Ich lerne täglich eine Stunde zusätzlich für die Mathearbeit“*), Wille zum Erfolg
Qualifikationszeit 13,0 Sekunden über 100 Meter	Antrittsstärke, Trainingseinsatz (*„Ich trainiere bei Wind und Wetter“*), Glaube an die eigene Leistungssteigerung (*„Ich habe mich im letzten Jahr um über eine Sekunde verbessert“*)
Im Zeugnis eine 2 in Englisch	Mündliche Mitarbeit, gutes Gedächtnis für Vokabeln, Referate (*„Ich kann gut Referate halten und werde freiwillig ein Referat vorbereiten“*)
Teilnahme an der Endausscheidung des Bandwettbewerbs mit meiner Hip-Hop-Band	Teamfähigkeit, Talent (*„Wir sind gut“*), gute Bühnenshow

Persönliche Zielfindung

Ziel bzw. Herausforderung:	Diese Stärken setze ich ein:

Mit Begeisterung zur Höchstleistung

Je begeisterter du von deinem Ziel bist, desto mehr Energie wirst du entwickeln, um dein Ziel zu erreichen.

Nur die Liebe zählt!

Voraussetzung für deinen Erfolg ist, dass du dein Ziel auch wirklich erreichen willst. Es zählt nicht, was deine Eltern, Lehrer, Freunde oder sonstige Personen wünschen. Du allein musst hinter deinen Zielen stehen – dich regelrecht in sie verlieben.

Vielleicht wirst du jetzt fragen: *„Aber wie kann ich mich nur für Mathematik begeistern?"* Wir antworten: *„Wenn du dich wirklich in diesem Schulfach verbessern willst, dann musst du es mit aller Kraft versuchen!"* Jeder Sportler, jeder Musiker oder Schauspieler, jeder Manager engagiert sich hundertprozentig für sein Ziel.

Nur wenn du zu 100 Prozent hinter deinem Ziel stehst, bist du auch in der Lage, dich zu 100 Prozent darauf zu konzentrieren. Du wirst auf diese Weise deine beste Leistung bringen und auch Spaß auf dem Weg zu deinem Ziel haben – bei der Vorbereitung, beim Lernen, beim Trainieren oder auch im Wettkampf bzw. während der Prüfung.

Du allein trägst die Verantwortung

Du allein bist für das Ergebnis verantwortlich. Erreichst du dein Ziel, so ist es dein persönlicher Erfolg, den du feiern kannst. Verpasst du dein Ziel, dann musst du überlegen, was zu tun ist, um in Zukunft ans Ziel zu gelangen.

Zusammenfassung

- **Glückliche Menschen haben viele Flow-Erlebnisse. Die kannst auch du haben, wenn du es schaffst, deine persönlichen Fähigkeiten mit den Herausforderungen in Einklang zu bringen.**
- **Dazu ist es erst einmal wichtig, dass du dir deine Fähigkeiten bewusst machst und überlegst, welche Fähigkeiten du verbessern oder neu entwickeln möchtest. Kennst du deine Fähigkeiten, dann kannst du dir Herausforderungen suchen – Ziele, die dir Spaß machen und für deren Erreichung du alles geben kannst.**

- **Nur wenn du mit Begeisterung hinter deinen Zielen stehst, kannst du deine beste Leistung bringen und dich voll einsetzen, um erfolgreich zu sein.**

2. Den Weg zum Ziel planen

**Möchtest du erfahren,
wie erfolgreiche Menschen ihre Ziele planen?**

**Weißt du, wie wichtig die Vorstellungskraft
für das Erreichen von Zielen ist?**

Wie sieht die Planung der richtigen Strategie aus?

Der erfolgreiche Management-Trainer und Zielplanungsexperte Josef Schmidt sagt:
„Vorbereitungszeit verdoppeln – Ausführungszeit halbieren!“
Mit einer gekonnten Planung und Vorbereitung erhöhst du die Wahrscheinlichkeit für deinen Erfolg. Die Zeit, die du dafür einsetzt, wird sich später um das Vielfache bezahlt machen. Bei der Planung stellst du dir folgende Fragen:

Welche sofortigen Maßnahmen kann ich ergreifen, um mein Ziel zu erreichen?
Überlege, was du sofort tun kannst, um dich deinem Ziel zu nähern.

Welche kleinen Schritte (Teilziele) sind auf dem Weg zu meinem Ziel sinnvoll?
Je häufiger du kontrollieren kannst, ob du dich noch auf deinem Zielkurs befindest, umso sicherer fühlst du dich. Nur so kannst du bei Kursabweichungen rechtzeitig gegensteuern.

Welche Strategien bringen mich zu meinem Ziel?
Überlege, welche konkreten Maßnahmen dich zu deinen Teilzielen und letztendlich zu deinem Ziel führen.

Wie du deine Ideen in eine konkrete Zielplanung umsetzen kannst, erfährst du auf den folgenden Seiten.

Ziel planen

Das Ziel anvisieren

Deine Zielplanung beginnt immer mit der genauen Formulierung deines Ziels. Auf diese Weise nimmst du deine Herausforderung genau ins Visier:

Formuliere dein Ziel persönlich!

Beginne deinen Satz immer mit „Ich…“, denn es ist ja **dein** Ziel!

Formuliere dein Ziel genau!

Achte darauf, dass du dein Ziel eindeutig und konkret formulierst. „Wischi-Waschi-Formulierungen“ wie *„Ich möchte in der Schule besser werden“* oder *„Ich schreibe bessere Noten“* sind zwar gut gemeinte Wünsche, jedoch keine eindeutigen Ziele. Verzichte bei deiner Zielformulierung auch auf einschränkende Worte, wie z.B. „manchmal“, „vielleicht“, „wenn das und das ist“ etc., denn diese stärken nur deinen „inneren Schweinehund“.

Setz dir einen Zeitpunkt für deine Zielerreichung!

Damit du deine Zielerreichung genau überprüfen kannst, ist es wichtig, dass du einen genauen Zeitpunkt formulierst. Auf keinen Fall: *„Ich verbessere mich in Deutsch auf eine 2“*, denn dann ist immer noch nicht klar, wann die Zielerreichung kontrolliert werden kann.

Formuliere dein Ziel positiv!

Mit dem Unterbewusstsein ist es wie mit dem Eisberg, der sich etwa zu 80 Prozent unterhalb der Wasseroberfläche befindet.

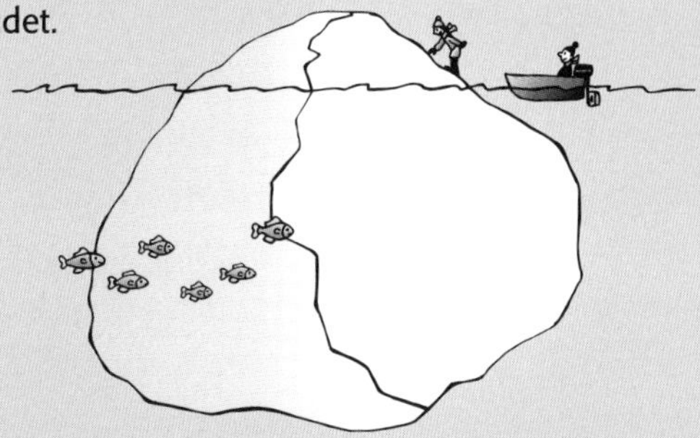

Alles, was du tust, machst du zu 20 Prozent bewusst und zu 80 Prozent unbewusst. Fütterst du dein Unterbewusstsein mit negativen Gedanken, dann wird es dich auch negativ beeinflussen – du denkst nur an das „Schreckliche". Verwende deshalb keine negativen Worte in deiner Formulierung. Auf keinen Fall so: *„Ich schreibe in Mathematik keine 5 mehr"* oder *„Ich werde nicht sitzen bleiben"*.

Formuliere dein Ziel so, als ob du es schon erreicht hast!

Habe deine Zielerreichung bereits klar vor Augen! Auf keinen Fall so: *„Ich werde die Tennisbezirksmeisterschaften gewinnen"*, denn die Zukunft liegt häufig weit in der Ferne. Besser ist es so: *„Ich habe am 20. September das Endspiel der Tennisbezirksmeisterschaften gewonnen!"* Auf diese Weise ist dein Unterbewusstsein bereits auf Erfolg „programmiert".

Ein Zielfoto schießen

„Du musst schon da sein, bevor du ankommst."
Die Möwe Jonathan

Je mehr positive Bilder in deinem Unterbewusstsein gespeichert sind, desto positiver gehst du an deine Herausforderung heran. Nimm dir daher Zeit, dein Zielfoto an dein Unterbewusstsein zu senden. Begib dich in Gedanken auf den Weg zu deinem Ziel und genieße im Voraus das Gefühl des Erfolgs. Das verleiht dir eine Menge Kraft und Energie. So machen das übrigens auch viele Spitzensportler. Hast du schon einmal einen Skirennfahrer vor dem Start zu einem Weltcuprennen beobachtet? Er lässt mit geschlossenen Augen das gesamte Rennen vor seinem inneren Auge ablaufen. In Gedanken ist er vor dem Rennen bereits als Sieger im Ziel und somit fällt es ihm leichter, die kommende Herausforderung zu bestehen.
Nun schickst du dein persönliches „Siegerfoto" an dein Unterbewusstsein. Betrachte dich selbst im Geiste als Sieger. Stell dir dazu deinen Zieleinlauf klar und deutlich vor:

- Was siehst du zum Zeitpunkt deines Erfolgs?
- Was hörst du?
- Was fühlst du?
- Was sagst du?
- Was sagen andere zu dir?
- Wer feiert mit dir?

Erstelle einen Schnappschuss deines Zieleinlaufs

Zusätzlich kannst du dein Zielfoto malen oder zeichnen, als eine Fotomontage oder -collage anfertigen oder mit Hilfe des Computers (Scanner, Grafikprogramm, Farbdrucker etc.) erstellen.

Auf dieser Seite findest du ein Beispiel für ein Zielfoto. Hänge dein Zielfoto in deinem Zimmer an einem gut sichtbaren Ort auf. Der tägliche Blick darauf wird dich immer wieder neu beflügeln, dein Ziel erfolgreich umzusetzen!

Der berühmte Maler Pablo Picasso sagte übrigens einmal:
„Was man sich vorstellen kann, ist wirklich."

„Step by step" zum Erfolg

„Ich versuche nicht, ein Turnier zu gewinnen. Ich versuche auch nie, einen Satz oder ein Spiel zu gewinnen. Ich will nur diesen Punkt gewinnen."
Pete Sampras, erfolgreichster Tennisspieler aller Zeiten

Das Tennis-Ass hat das Geheimnis des Erfolges verstanden und ist nicht umsonst so erfolgreich. Mit dieser Einstellung ist Pete Sampras bei jedem Ballwechsel hochkonzentriert. Er empfindet jeden gewonnenen Ballwechsel als Erfolg, der ihn seinem großen Ziel – dem Gewinn des Matches – ein Stück näher bringt.

Jeder Teilerfolg macht dich stärker

Je häufiger du auf deinem Weg zum Ziel kleinere oder auch größere Erfolge einfahren kannst, desto mehr spornst du dich damit an. Das Erreichen eines Teilziels gibt dir Sicherheit und ein gutes Gefühl, auf dem richtigen Weg zu sein. Mache dir bei Erreichen eines jeden Teilziels deinen Erfolg bewusst, denn dies gibt dir neuen Rückenwind für den nächsten Schritt.

Rechtzeitig notwendige Korrekturen vornehmen

Zusätzlich kannst du so in kleineren Abständen überprüfen, ob du dich noch auf deinem Zielkurs befindest. Erreichst du ein Teilziel nicht, hast du die Chance, schnell zu reagieren, um eventuell wichtige Kurskorrekturen vorzunehmen, kommende Teilziele zu verändern oder zusätzliche Teilziele einzufügen, um letztendlich doch noch zum Ziel zu gelangen. Siehe dazu auch Kapitel 4, Seite 53 und 54.

Und so geht's

Zerlege dein Ziel in kleine „steps“:

- Überlege dir mögliche und kontrollierbare Meilensteine auf dem Weg zu deinem Ziel.
- Lege die Zeitpunkte fest, an denen du die Meilensteine erreichen wirst. Verteile sie möglichst gleichmäßig auf die gesamte Zeit.
- Beginne langsam. Nimm dir am Anfang nicht zuviel vor, sondern wähle zu Beginn eher kleinere Herausforderungen. Steigere dich dann Schritt für Schritt.
- Überlege dir kleine Belohnungen für das Erreichen von Teilzielen.
- Plane auch Erholungspausen auf dem Weg ein, damit dir unterwegs nicht die Puste ausgeht.

Die Strategie planen

Nun kannst du den Weg planen, der zu deinem Ziel führt. Beginne mit der Überprüfung deines Ziels.

Das Ziel auf dem Prüfstand

- *Ist dein Ziel realistisch gewählt? Entspricht die Herausforderung deinen momentanen Fähigkeiten?*
  Wenn ja, dann wirst du auf dem Weg zu deinem Ziel viele Flow-Erlebnisse haben.
- *Möchtest du das Ziel wirklich erreichen?*
  Wenn das so ist, dann bist du bereit, dich der Herausforderung zu stellen – und natürlich hochmotiviert.
- *Hast du dein Ziel richtig formuliert?*
  Wenn ja, dann weißt du ganz genau, was du erreichen möchtest.
- *Kannst du dir deinen Erfolg bereits vorstellen?*
  Wenn das so ist, dann steht deiner Zielerreichung nun nichts mehr im Wege.

Der Ziel- und Strategieplan

Auf den folgenden zwei Seiten findest du ein Beispiel für einen Ziel- und Strategieplan. So oder ähnlich kannst du deine Ziele visualisieren:
Beginne am Fuß des Berges und gehe von Berghütte zu Berghütte (Teilziele), bis du schließlich den Gipfel (dein Ziel) erreicht hast.

Zielplan

Ziel: „Ich habe am Ende des Schuljahres im Zeugnis einen Schnitt von mindestens 2,4."

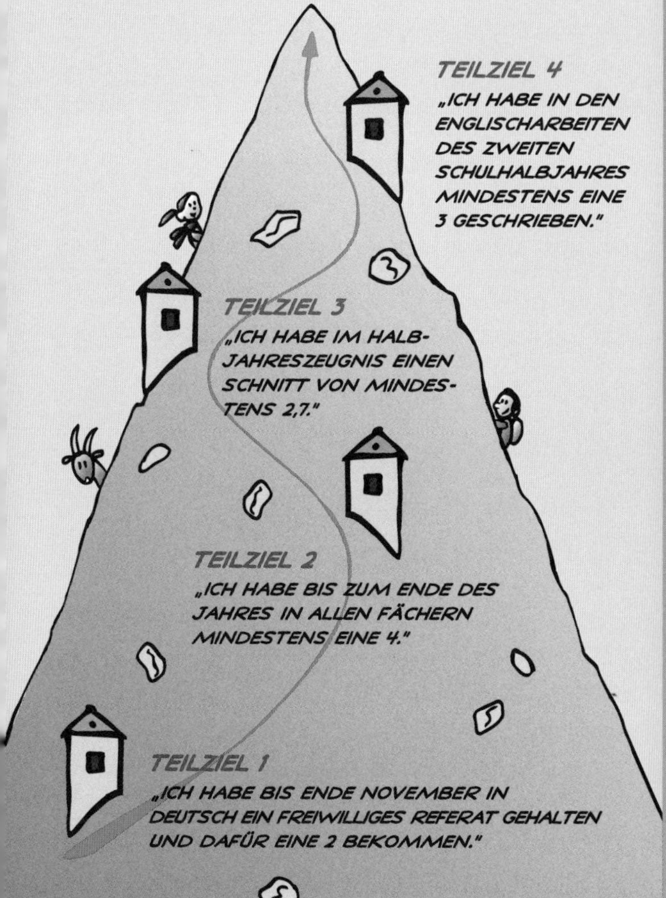

Strategieplan

Strategie	Zeitpunkt
Ich frage meinen Deutschlehrer nach einem Thema für ein freiwilliges Referat.	bis 1. Oktober
Ich lerne die Vokabeln des letzten Schuljahres mit der Vokabelkartei nach.	sofort beginnen
Ich nehme Nachhilfe in meinem Problemfach Englisch.	ab Oktober
Ich lerne zusätzlich Mathe mit Niklas.	ab sofort zweimal pro Woche eine Stunde
Ich führe mein Geschichtsheft ordentlich und gebe es freiwillig ab.	bis Mitte Dezember
Ich reserviere jeden Tag zusätzlich 30 Minuten für Nachlernen.	ab sofort
Ich teile meine Zeit mit Hilfe eines Zeitplaners ein.	ab sofort, am Montag Zeitplaner mit meinem Vater kaufen

Eine solche Zielplanung kannst du für jede Herausforderung machen, ob schulisch, sportlich, musisch etc.
Nimm dir für die Planung viel Zeit. Denke an das Motto: *„Vorbereitungszeit verdoppeln - Ausführungszeit halbieren“*.
Je besser du dich auf eine Herausforderung vorbereitest, desto sicherer wirst du dein Ziel erreichen.

Zusammenfassung

- **Eine Zielplanung beginnt immer mit der genauen Festlegung und Formulierung des Ziels. Achte darauf, dass du persönlich, konkret und positiv formulierst. Formuliere so, als hättest du das Ziel bereits erreicht, und vergiss nicht den Zeitpunkt festzulegen, bis zu dem du das Ziel erreichen möchtest.**
- **Damit du bereits von Beginn an voll auf Erfolg gestimmt bist, kannst du ein persönliches Zielfoto erstellen, das dich im Moment deines Zieleinlaufs zeigt. Stelle dir vorab schon einmal den Erfolg genau vor – so wie es z. B. viele erfolgreiche Sportler machen.**
- **Zerlege deine Ziele in kleine Schritte („steps“) bzw. Teilziele. So kannst du zwischendurch immer wieder kontrollieren, ob du dich noch auf deinem Zielkurs befindest.**
- **Den genauen Weg zum Ziel kannst du mit Hilfe eines Ziel- und Strategieplans planen.**

3. Voll konzentriert zum Ziel

Möchtest du erfahren, wie du dich voll und ganz auf dein Ziel konzentrieren kannst?

Kennst du deine Konzentrationskiller?

Weißt du, wie wichtig das Nachdenken für die Zielerreichung ist?

Was tust du, um einen Nagel in ein Brett zu schlagen? Genau, du schlägst möglichst nicht daneben und auch nicht auf deine Finger, sondern hältst gezielt mit dem Hammer auf den Nagel.
Wie erzielst du einen neuen Highscore beim Computerspiel? Genau, du konzentrierst dich ausschließlich auf das Spiel und versuchst, jede Störung zu vermeiden.
Nicht anders ist es beim Erreichen deiner schulischen und privaten Ziele: Nur die vollkommene Konzentration auf dein Ziel bringt dich zum Erfolg!

Gerade beim Hämmern wird deutlich, was Konzentration auf ein Ziel bewirkt. Wenn du erst einmal richtig getroffen hast – die Richtung also stimmt – schaffst du es schließlich fast mühelos mit ein paar konzentrierten Schlägen, den Nagel ganz zu versenken.
Im Folgenden geben wir dir Anregungen und Tipps, wie du dich hundertprozentig auf dein Ziel konzentrieren kannst.

Prioritäten setzen

Du hast dich entschieden und dir vorgenommen, mit all deiner Kraft ein Ziel zu erreichen. Das Ziel ist dein sehnlichster Wunsch. Also hat nun alles höchste Priorität, was zum Erreichen deines Ziels beiträgt. Das kann auch bedeuten, dass manche Tätigkeiten, denen du bislang den Vorzug gegeben hast, jetzt eher unwichtig werden.

Konzentriere dich auf das Wesentliche

Um deine Ziele auch wirklich zu erreichen, solltest du dich in Zukunft auf drei Dinge konzentrieren:

1. Zielerreichung

Dies sind alle Maßnahmen, die wichtig sind, damit du dein Ziel erreichst (siehe Strategieplan auf Seite 32).

2. Entspannung

Entspannung ist wichtig, um neue Kräfte zu sammeln. Überlege dir gute Möglichkeiten, dich täglich zu entspannen, z.B. Lesen, Musik hören, spazieren gehen, Party, Kino, mit Freunden treffen etc. Tue dir etwas Gutes!

3. Ausgleich

Ein Ausgleich zur Zielverfolgung ist wichtig. Finde daher ein Hobby, das dir Spaß macht und bei dem du aktiv bist, z.B. eine Sportart, Skaten, Theater spielen, Musik machen, Basteln etc.

Berücksichtige alle drei Bereiche bei der Einteilung deiner Zeit.

Wie du mit den „unwichtigen" Dingen fertig wirst, die dich an der Zielerreichung hindern, erfährst du auf den Seiten 38 und 39.

Falls du generell ein Problem mit deiner persönlichen Zeitplanung hast, empfehlen wir dir unser Buch *Zeitmanagement für Kids – fit in 30 Minuten* aus dieser Reihe.

Konzentriere dich nur auf ein Ziel

Je mehr Ziele du parallel verfolgst, desto größer wird die Wahrscheinlichkeit, dass du den Überblick verlierst und irgendwann gar nicht mehr weißt, was wichtig und was unwichtig ist. Es können so mehrere „Baustellen" entstehen, die alle nicht zur richtigen Zeit fertig werden.

Die Konzentrationskiller besiegen

Es gibt immer wieder Dinge, die dir die Konzentration auf dein Ziel rauben. Das Handy bzw. Telefon, der Fernseher, der Computer, der Freund oder die Freundin etc. – alles erscheint zwischenzeitlich wichtiger.

Der „Sägeblatt-Effekt"

Wenn du dich jedes Mal einer Störung hingibst, z. B. fünfmal ans Telefon gehst, während du versuchst Hausaufgaben zu machen, dann tritt der so genannte „Sägeblatt-Effekt" ein.

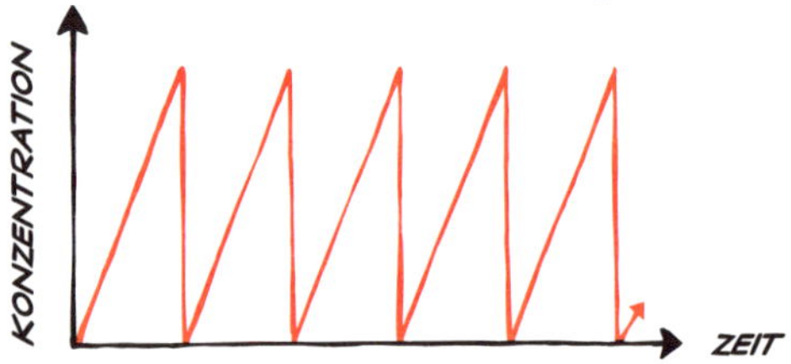

Mit jeder Störung sinkt deine Konzentration wieder auf den Nullpunkt. Wenn du nach der Störung wieder beginnst, dauert es erst wieder eine gewisse Zeit, bis du voll konzentriert bist. Auf diese Weise brauchst du für deine Aufgaben bis zu 30 Prozent länger.

Führe einen Lern- und Freizeitplan

Ein Lern- und Freizeitplan kann dir helfen, einen genauen Überblick über deine Zeit zu gewinnen.

Notiere für die ganze Woche sämtliche Zeiten, die du für *Hausaufgaben, zusätzliches Lernen und deine Freizeit* jeden Tag aufwenden möchtest. Wichtig ist, dass du dich an deinen Plan hältst – bleib konsequent!

Bekämpfe deine Konzentrationskiller

Um deine Konzentrationskiller in den Griff zu bekommen, kannst du folgendermaßen vorgehen: Trage im ersten Schritt deine persönlichen Störenfriede ein und überlege, wie viel Zeit sie dir täglich im Durchschnitt rauben. Ein Beispiel:

Meine Konzentrationskiller	rauben mir täglich
Telefon bzw. Handy	35 Minuten
Computerspiele	20 Minuten
Fernseher	60 Minuten
Störungen durch Geschwister und Freunde	10 Minuten

Überlege im zweiten Schritt, was du konkret tun kannst, um deine Konzentrationskiller zu beseitigen – und zwar ab sofort. Schreib alle deine Gedanken auf, z. B.:
Handy beim Lernen ausschalten; Freunden und meinem Bruder mitteilen, dass ich erst um 16 Uhr Zeit habe und bis dahin nicht gestört werden möchte; keine Computerspiele spielen; Fernsehen maximal 6 Stunden pro Woche.
Nutze die nächste Seite, um deine persönlichen Konzentrationskiller zu analysieren.

Analyse meiner Konzentrationskiller

Meine Konzentrationskiller	rauben mir täglich min

Das unternehme ich sofort, um meine Konzentrationskiller in den Griff zu bekommen:

1.
2.
3.
4.
5.
6.
7.

Teilerfolge feiern

Jeder noch so kleine Erfolg stärkt deine Motivation – und das ist auch gut so! Deshalb mache dir jeden deiner Teilerfolge bewusst und feiere sie, denn du hast einen nächsten Schritt Richtung Ziel geschafft. Gratuliere! Darüber kannst du dich freuen.

Konzentriere dich auf dein nächstes Teilziel

Es ist leichter, sich nur auf das unmittelbar Nächste zu konzentrieren. Damit machst du deinen „Berg" kleiner. Lenke deine Konzentration deshalb immer auf die nächste Herausforderung – dein kommendes Teilziel, das du geplant hast.

Führe dir nach Erreichen eines Teilziels deine Strategie für das nächste Teilziel vor Augen:

- Wie sieht mein nächstes Teilziel konkret aus?
- Mit welcher Strategie erreiche ich es?
- Wie fühle ich mich, wenn ich das Teilziel erreicht habe?
- Wie feiere ich den Zieleinlauf?

Und dann gehe nach einer entsprechenden Feier in aller Ruhe deine nächste Herausforderung an.

Mit Ruhe zum Ziel

„In der Ruhe liegt die Kraft!" Bekannte Weisheit

Wenn du den Weg zum Ziel richtig geplant hast, hast du alle Zeit der Welt, um ruhig und überlegt zur Sache zu gehen.

Nimm dir Zeit zum Nachdenken

Der amerikanische Politiker William Jeffers sagte einmal: *„Man darf nie so viel zu tun haben, dass man zum Nachdenken keine Zeit mehr hat."*

Deshalb überprüfe regelmäßig in Ruhe deine Strategie. Begib dich an einen ruhigen Ort, lehne dich zurück und beantworte dir folgende Fragen:

- Bin ich noch auf Zielkurs?
- Muss ich eine Kurskorrektur vornehmen?
- Ist meine Strategie in Ordnung?
- Gibt es vielleicht noch einen besseren Weg?

Die Kräfte einteilen

Power dich nicht schon am Anfang aus. Du wärst nicht der Erste, dem kurz vor dem Ziel die Puste ausgeht. Gehe mit deinen Kräften sparsam um und mach zwischendurch immer wieder eine Pause. Pausen sind wichtig, um neue Kräfte zu sammeln. Plane diese Pausenzeiten auf alle Fälle bei deiner Zielplanung ein.

Erst einmal darüber schlafen

Solltest du an einem Tag trotz Anstrengung keine Lösung zu einem Problem finden, dann lass dein Unterbewusstsein für dich arbeiten. Häufig kommt dir am nächsten Tag eine tolle Idee, wenn du „erst einmal darüber geschlafen" hast. Denn in der Nacht kommen ja bekanntlich die Heinzelmännchen.

Zusammenfassung

- **Die Konzentration auf das Ziel ist eine wichtige Voraussetzung für den Erfolg.**
- **Analysiere all die Dinge, die dich an deiner Konzentration hindern. Beseitige deine Konzentrationskiller!**
- **Konzentriere dich immer auf die kommende Herausforderung – dein nächstes Teilziel.**
- **Führe dir deine Teilerfolge vor Augen.**
- **Nimm dir Zeit zum Nachdenken, dann behältst du ständig den Überblick, ob du dich noch auf Zielkurs befindest und ob deine Strategien zum Erfolg führen.**

4. Stark bleiben und durchhalten

Was macht dein innerer Schweinehund mit dir und wie kannst du ihn besiegen?

Kennst du Strategien, um Krisen zu meistern?

Weißt du, wie du mit Misserfolgen umgehen kannst?

„Um zur Trinkflasche greifen zu können, muss ich die kurzen Pausen zwischen den Windstößen abwarten. Sich den Frust von der Seele zu schreien, bringt auch nichts – ich hätte den Mund sofort voller Sand. Die Aussicht, Abu Simbel mit dem Rad rechtzeitig oder überhaupt zu erreichen, ist bei diesen Verhältnissen gleich Null. Der Gedanke quält mich zusätzlich, denn eigentlich will ich nicht absteigen, sondern jeden Kilometer fahren, wie wir ihn geplant haben … Gerate ich nur ein Stückchen außerhalb meines rollenden Schutzschilds, des Begleitfahrzeugs, drückt mich der Wind gleich zwei, drei Meter nach links und ich muss mich mühsam wieder herankämpfen. Meine Unterarme sind inzwischen sandverkrustet, die Innenseiten meiner Radhose verwandeln sich langsam aber sicher in Schleifpapier, Körnung 80. Es ist zum Aus-der-Haut-fahren …
Das Gefühl für mein Tempo habe ich längst verloren; ich will gar nicht wissen, wie langsam ich hier herumgurke. Ich muss mich nur soweit im Griff haben, dass die Beine nicht aufhören zu kurbeln. Die Versuchung abzusteigen ist immer da, besonders wenn es andere vormachen …
In Abu Simbel anzukommen, war ein Sieg über den eigenen inneren Schweinehund, ein psychologischer Markstein auf dem Weg zum Ziel nach Berlin."

Huberts Gedanken zum 13. Tag seines Radmarathons „In 80 Tagen um die Welt" auf der Strecke durch die Wüste Ägyptens nach Abu Simbel. Temperatur im Fahrtwind: 55 °C. Starker Sandsturm.

urchhalten

Den inneren Schweinehund besiegen

„Wenn du denkst, dass du aufgeben willst, dann hast du bereits aufgegeben.“

Joey Kelly, Manager und Gitarrist der „Kelly Family“ und erfolgreicher Extremsportler

Negative Gedanken besiegen

Sicher bist du ihm schon begegnet – deinem inneren Schweinehund, der dir auf dem Weg zu einem Ziel in die Quere kommt. Das schafft er, indem er dir deinen Atem und deine Kraft raubt. Er flüstert dir Sätze ins Ohr, wie z.B.

- *„Ich schaff das ja doch nicht.“*
- *„Es ist zu anstrengend.“*
- *„Heute ist nicht mein Tag.“*
- *„Es gibt andere, schönere Dinge.“*
- *„Vielleicht beim nächsten Mal.“*
- *„Lars hat das auch nicht geschafft.“*

Was flüstert dir dein innerer Schweinehund zu?

Schiebe diese negativen Gedanken beiseite und bekämpfe deinen inneren Schweinehund!

Sieh dir z.B. einmal einen Marathonläufer an. Jeder Marathonläufer hat irgendwann einmal während der 42 Kilometer langen Strecke das Gefühl, dass es nicht mehr weitergeht. Jeder Schritt wird zur Qual. Aber aufgeben? Auf gar keinen Fall! Der Marathonläufer weiß, dass er nur durch das Überwinden dieses „toten Punktes" neue Kräfte gewinnt. Also: Zähne zusammenbeißen und durchhalten – es wird schon wieder.

Und so ist es bei vielen Herausforderungen, ob im Sport, in der Schule oder bei anderen Dingen: Du kommst immer einmal an einen Punkt, wo es richtig weh tut. Wenn du deinen kritischen Punkt aber erst einmal überwunden hast, dann geht's in der Regel wie geschmiert und mit neuer Kraft und Energie weiter.

Sei willensstark

Den „toten Punkt" überwindest du mit deiner Willensstärke. Sag dir gerade in scheinbar ausweglosen Situationen z.B. *„Jetzt möchte ich es wissen. Ich gebe nicht auf, sondern halte durch bis zum Ende!"*

Finde deinen „Mutmachersatz"

Ein persönlicher Mutmachersatz kann dir gerade in solch schwierigen Situationen eine große Hilfe sein. Er ist dein ständiger Begleiter auf dem Weg zum Ziel. Achte bei der Formulierung darauf, dass du positiv, persönlich (ein Mutmachersatz beginnt mit „Ich …") und ohne einschränkende Worte (z.B. „vielleicht", „wenn das oder das ist") formulierst. Beziehe dein Ziel in den Mutmachersatz ein. Also nicht einfach *„Ich schaffe es!* oder *„Ich bin gut!"*, sondern z.B. *„Ich schaffe meinen Schnitt im Zeugnis!"* oder *„Ich gebe alles, um die Qualifikation zur Meisterschaft zu schaffen!"* Wenn du deinen persönlichen Mutmachersatz für eine deiner kommenden Herausforderungen gefunden hast, dann lies den Satz so oft wie möglich. Hänge ihn über dein Bett, neben deinen Schreibtisch, hefte ihn an deinen Computer, schreibe ihn in dein Tagebuch … Je häufiger du deinen Mutmachersatz liest, umso mehr „pflanzt" er sich in dein Unterbewusstsein ein und gibt dir immer wieder neuen Mut, deine Herausforderung zu meistern.

Entwirf deine „Zauberformel"

Schalte einmal den Fernseher während eines Tennisspiels an und versuche zu erraten, wer gerade führt. Der im Rückstand liegende Spieler lässt meistens den Kopf hängen, schlägt zögerlich oder unkontrolliert, beginnt häufig zu fluchen, sucht die Schuld für schlechte Schläge beim Schläger, Platz oder Schiedsrichter.

Den führenden Spieler hingegen erkennst du an seiner Ausstrahlung. Er wirkt hochkonzentriert, voller Siegeswille und hat eine positive Körpersprache (Haltung, Gestik, Mimik). Richtige Gewinnertypen sind zusätzlich in der Lage, sich in brenzligen Situationen über ihre Körpersprache wieder aufzubauen. Und das funktioniert so:

1. Erinnere dich an eine Situation, in der du besonders motiviert warst und eine Herausforderung gemeistert hast.
2. Versetze deinen Körper und Geist in dieses positive Erlebnis zurück. Vollziehe dieses Erlebnis noch einmal gedanklich vor deinem inneren Auge nach und spüre den Erfolg von damals.
3. Finde dann eine bestimmte Haltung, Gestik und Mimik, die diese Erfolgssituation symbolisiert, z.B. eine gerade und selbstbewusste Haltung, eine geballte „Becker-Faust" oder einen Siegerblick.
4. Finde zusätzlich ein Wort oder kurzen Satz dafür. Sprich deine „Zauberworte" laut und bestimmt zu deiner typischen Haltung, Gestik und Mimik, z.B. *„Ja!"* oder *„Ich schaffe es!"*.
5. Wiederhole diesen Vorgang mindestens zehnmal. Denke jedes Mal an die Erfolgssituation und drücke das Erfolgsgefühl mit deiner „Zauberformel" aus.

Nun ist das positive Erlebnis „verankert". Benutze deine „Zauberformel" immer dann, wenn du dich wieder neu motivieren möchtest.

Nach vorne blicken

„Es ist zwar eine einzige Quälerei, gegen den Wind zu fahren, aber es könnte ja noch zusätzlich regnen."
Huberts Gedanken bei seiner Weltumrundung, nachdem er bereits tagelang ausschließlich gegen den Wind fuhr

Wenn auf dem Weg zum Ziel irgendetwas nicht so läuft, wie du es dir vorgestellt hast, dann gilt es nicht zu verzweifeln, sondern nach vorne zu blicken. Mentale Stärke zeichnet sich besonders dadurch aus, auch in schlechten Situationen positiv in die Zukunft blicken zu können.

Gedanken umdrehen

Denke daran, dass selbst bei der besten Zielplanung immer etwas Unvorhergesehenes passieren kann.
Du hast z.B. das Ziel, im Schuljahreszeugnis eine 2 in Englisch zu bekommen. Für die nun anstehende Arbeit hast du dir als Teilziel eine 3 vorgenommen und dich gut vorbereitet. Was kann passieren?
Die Arbeit wird schwerer als erwartet, der Englischlehrer stellt Fragen, mit denen du überhaupt nicht gerechnet hast, du bekommst während der Arbeit Kopfschmerzen oder Magenkrämpfe, die Beurteilung fällt strenger aus als sonst…
Die Folge? Du schreibst schlechter als 3 und verpasst somit dein Teilziel. Verzweifeln oder leiden? Nein! Jetzt gilt es die Ärmel hochzukrempeln!

Stell dir in solchen Situationen folgende Fragen:

- Hätte es nicht noch schlimmer kommen können?
- Was kann ich aus meiner jetzigen Situation lernen?
- Was kann ich konkret tun, um das nächste Teilziel zu erreichen und somit trotzdem an mein Ziel zu gelangen?

Abhaken – und weiter geht's

Beschäftigst du dich jetzt nur mit deinen Fehlern, dann wirst du kaum eine Chance haben, dein Ziel zu erreichen. Gerade im Tennissport – ja sogar im Profi-Tennis – kannst du dieses Phänomen sehr häufig beobachten:
Ein Spieler benötigt nur noch einen Satz zum Sieg. Er geht in diesem entscheidenden Satz sogar klar in Führung, lässt aber nun einige gute Chancen aus, das Match vorzeitig zu beenden. Nach weiteren leichten Fehlern verliert er nun nicht nur diesen Satz, sondern auch den folgenden und somit das gesamte Match. Was ist da passiert?
Häufig trauern Spieler ihren verpassten Chancen nach, anstatt sich auf die nächste Chance zu konzentrieren.

Mach du es richtig! Freu dich lieber auf das, was nun kommt. Je positiver und unverkrampfter du an die nächste Herausforderung herangehst, umso erfolgreicher wirst du sein. Behalte einen klaren Kopf und überlege, was du verbessern kannst, um ans Ziel zu gelangen.

Krisen überstehen – Schwierigkeiten meistern

Gibt es Probleme bei der Umsetzung deiner Strategien? Bist du vom geplanten Zielkurs abgekommen? Auf gar keinen Fall den Kopf in den Sand stecken. Neben der Parole „Weiter geht's" und einer gehörigen Portion Selbstdisziplin ist nun auch dein ganz persönliches „Krisenmanagement" gefragt.

Maßnahme 1: Strategie verstärken

Häufig überwindest du eine Schwierigkeit, wenn du eine bereits geplante Strategie noch stärker anwendest. Wenn du z. B. bislang täglich eine halbe Stunde für zusätzliches Lernen aufgewendet hast, könntest du die Zeit erhöhen. Trainingszeiten könntest du ebenfalls intensivieren, um deinem sportlichen Ziel näher zu kommen, und der Weg zum Bandwettbewerb könnte eventuell mit zusätzlichen Übungsstunden geebnet werden.

Maßnahme 2: Strategie ändern

Solltest du das Gefühl haben, dass du mit deiner geplanten Strategie nicht weiterkommst – macht nichts! Jetzt besteht noch die Möglichkeit, etwas zu ändern. Neben der Erhöhung deiner Lernzeit könntest du z. B. zusätzlich Nachhilfe nehmen, andere Lerntechniken anwenden, einen Arbeitsplan einführen, mit Freunden lernen …

Wenn du merkst, dass die Kraft in deinen Beinen für einen erfolgreichen Start beim 100-Meter-Lauf noch nicht ausreicht, könntest du dich im Training mehr auf den Start konzentrieren, zusätzlich Krafttraining machen...

Maßnahme 3: Ziel ändern

Wenn dich sowohl Maßnahme 1 als auch 2 nicht weitergebracht haben, dann greife im äußersten Fall zur letzten Möglichkeit. Korrigiere dein Ziel nach unten. Leg die Messlatte tiefer, um dir trotzdem ein Erfolgserlebnis in Aussicht zu stellen. Vielleicht hast du dir am Anfang das Ziel doch zu hoch gesteckt und dich etwas überschätzt – und vielleicht ist z.B. die Verbesserung in Mathematik von der Note 5 auf eine 4 ja schon ein großer Erfolg für dich.
Aber Achtung: Dieser Schritt ist ausschließlich für den Notfall gedacht. Versuche zuerst, mit allen Kräften dein zuvor geplantes Ziel zu erreichen.

Erst 1, dann 2, dann 1+2 und zuletzt 3 (mit oder ohne)

Nein, das ist keine Bestellung für den Pizzaservice, sondern die klare Vorgehensweise beim Krisenmanagement.
Versuche erst, die Strategie zu verstärken (1), wenn das nicht ausreicht, die Strategie zu ändern (2), dann eventuell eine Kombination von 1 und 2, und wenn alle Stricke reißen, im Nofall das Ziel zu verändern (3), möglicherweise in Zusammenspiel mit 1 und/oder 2.

Mit Misserfolgen umgehen

„Unser größter Ruhm liegt nicht darin, niemals zu fallen, sondern jedes Mal wieder aufzustehen, wenn wir gescheitert sind.“ Konfuzius

Aufstehen – das Leben geht weiter

Das Ziel verfehlt? Macht nichts, wenn du dein Möglichstes gegeben hast. Nicht so gut ist es, wenn du im Nachhinein erkennst, dass du z.B. mit etwas mehr Selbstdisziplin dein Ziel erreicht hättest. Wie auch immer: *„Lebbe gehet weider!“*, wie der bekannte Fußballtrainer Dragoslav Stepanovic nach einer Niederlage immer sagte.

Lerne aus Fehlern

Aus Fehlern kannst du das meiste lernen – allerdings nur dann, wenn du es auch wirklich tust und genau analysierst, was der Grund für dein Scheitern war und daraufhin deine Strategie änderst.

Also versteck dich nicht, sondern denke selbst darüber nach, was du tun kannst, um beim nächsten Mal erfolgreich zu sein. Beantworte dir u.a. ehrlich folgende Fragen:

- Habe ich wirklich alles gegeben?
- Welche meiner Stärken hätte ich noch besser einsetzen können?
- War das Ziel zu hoch gesteckt?
- Lag es an der Strategie und wenn ja, welche wäre besser gewesen?
- An welcher Stelle des Weges habe ich meinen Zielkurs verlassen?
- Hätte ich das Verlassen des Zielkurses verhindern können und wenn ja, wie?

Sei hartnäckig – probiere es immer wieder

Thomas A. Edison hat in Hunderten von Versuchen mit einem Kohlefaden experimentiert. Seine Hartnäckigkeit und der Glaube an sein Können bescherten ihm schließlich die Erfindung der ersten technisch brauchbaren Kohlefadenlampe (Glühbirne) – und uns das elektrische Licht.

Was sagen die Promis?

Auf der folgenden Seite findest du einige Aussagen prominenter Menschen zum Thema „Misserfolg".

„Jeder Fehler, jeder Fehltritt, jeder Skandal und jede Flaute haben mich stärker gemacht."
Thomas Gottschalk, erfolgreicher Fernseh-Entertainer

„Erfolg ist das Ergebnis einer richtigen Entscheidung. Richtige Entscheidungen sind das Ergebnis von Erfahrungen. Und Erfahrungen sind oft das Ergebnis falscher Entscheidungen."
Antony Robbins, Persönlichkeitstrainer

„Erfolg ist das Gesetz der Serie und Misserfolge sind Zwischenergebnisse. Wer weitermacht, kann gar nicht verhindern, dass er irgendwann auch Erfolg hat."
Thomas A. Edison, Erfinder

„Wer Angst vor Misserfolg hat, wird niemals wirklich Erfolg haben."
Malcolm Forbes, legendärer New Yorker Verleger

„Auch ein Uli Hoeneß macht Fehler – aber ganz selten zweimal denselben."
Uli Hoeneß, erfolgreicher Fußball-Manager

„Ich habe aus Rückschlägen oft mehr gelernt als aus Erfolgen."
Boris Becker, Tennis-Kultfigur

Sich selbst erfüllende Prophezeiungen

Viele Menschen haben Misserfolge, weil sie so lange daran glauben, dass sie etwas nicht schaffen, bis sie es tatsächlich nicht schaffen. Dieses Phänomen wird eine „sich selbst erfüllende Prophezeiung" genannt.

Mach es anders: Wenn du an deine Stärken glaubst, dann ist die Chance groß, dass du dein Ziel auch erreichst.

Die kürzeste Zusammenfassung

- **Glaube an deine Fähigkeiten, blicke positiv nach vorn, geh überlegt zur Sache und durchhalten, durchhalten, durchhalten…**

Die folgenden Texte sollen Denkanstöße sein. Wir möchten dir Mut machen, neue Dinge zu wagen, dich Herausforderungen zu stellen, Ziele zu verwirklichen.

Berge versetzen

„Aufmerksamkeit nach innen wenden!
Träumen lernen!
Unter freiem Himmel sind die Gedanken weiter!
Mit der Vorstellung von Zielen einschlafen!
Realutopien immer wieder visualisieren!
Im lernbereiten Zustand aufwachen, aufstehen!
Eine kalte Dusche nehmen!
Gehend denkt es sich klarer!
Gedanken vermeiden, um Gedanken zu klären!
Durch direkte Erfahrung und Schlussfolgerung lernen!
Zwei Dinge können nicht gleichzeitig Priorität haben!
Sich geplante Veränderungen im entspannten Zustand vorstellen!
Es gibt keine Grenzen, wenn ich sie aufhebe!
Unser Leben wird mehr durch unser Bewusstsein geformt und weniger durch die Umstände!"

Reinhold Messner, erfolgreichster Bergsteiger

Die Hummel

Alle Aeronautiker sind sich einig: Die Hummel kann eigentlich überhaupt nicht fliegen. Sie kann aus physikalischen Gesichtspunkten gar nicht zum Flug starten, weil sie viel zu schwer für ihre kleinen Flügel ist.
Gott sei Dank weiß die Hummel das nicht: Sie fliegt einfach!

(Falsche) Zukunftsprognosen

„Fernsehen wird sich nicht länger als sechs Monate auf dem Markt halten können."
Darryl F. Zanuck, Leiter der 20th Century-Fox, 1946

„Wer zum Teufel will Schauspieler reden hören."
Harry M. Warner, Warner Brothers, 1927

„Der Markt wird weltweit vielleicht fünf Computer benötigen."
Thomas Watson, Vorsitzender von IBM, 1943

„640 KB sollten für jeden genug sein."
Bill Gates, 1981

Krise = Chance

Jede Niederlage birgt immer eine Krise – aber auch eine Chance, es demnächst besser zu machen. Von den Chinesen können wir da eine Menge lernen. Sie kennen nur ein Wort (wei-ji), das sowohl Krise als auch Chance bedeutet.

60

Grenzen überschreiten

„Gewagte Ideen zu haben, sich immer wieder neue, noch extremere Herausforderungen zusammenzubasteln, ist die eine, sie auch in die Tat umzusetzen die andere – weitaus schwierigere – Sache. Nichts gibt da mehr Selbstvertrauen, als ein gestecktes Ziel schon einmal erreicht zu haben. Am besten eines, von dem andere behauptet haben, man könne es nicht erreichen."

Hubert Schwarz, während der Vorbereitung zu seinem 22.000 Kilometer langen Radmarathon „In 80 Tagen um die Welt"

Viele gute Ideen, viel Mut und Durchhaltevermögen auf dem Weg zum Erfolg wünschen dir

Dirk Konnertz & Hubert Schwarz

Empfehlenswerte Bücher

Csikszentmihalyi, Mihaly & Jackson, Susan A.:
Lebe gut!
Stuttgart: Klett-Cotta 1999

Csikszentmihalyi, Mihaly & Jackson, Susan A.:
Flow im Sport
München: blv-Verlagsgesellschaft 2000

Konnertz, Dirk & Sauer, Christiane:
Fit für die Zukunft
Bayreuth: Schmidt Verlag 1999

Löhr, Jörg & Pramann, Ulrich:
So haben Sie Erfolg
München: Südwest Verlag 1999

Messner, Reinhold:
Berge versetzen
München: BLV 1996

Schwarz, Hubert:
Rad extrem. In 80 Tagen um die Welt
Frankfurt am Main: Umschau Buchverlag 1996

Seiwert, Lothar J. & Konnertz, Dirk:
Zeitmanagement für Kids - fit in 30 Minuten
Offenbach: GABAL Verlag 2000

Sprenger, Reinhard K. & Sauer, Christiane:
Motivation – fit in 30 Minuten
Offenbach: GABAL Verlag 2001

Stichwortregister